SOMMAIRE

DUREX, ALEX, SED LEX / 7
TU MEURS, MA LIGNE / 12
BATNONNE / 18
12 MINUTES DE SAINTE VIERGE EN PLUS / 24
NOËL A PAQUES, TISONS AU BALCON / 29
LES TORDUES NINJA / 34
TAHAR «TATA» LAHAK-RAÏM / 40
JEAN-PAUL II : LE RETOUR / 46

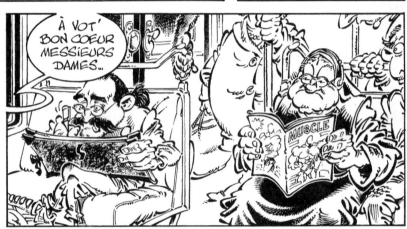

(1) ET (2): BON, ALORS TOUTE RESSEMBLANCE, HEIN, BON.

(1) LE FILM DE JACK LANG... NON, FRITZ. (JACK LANG, FAIRE UN FILM, HAHA!)

(1) LA TEUSAIN GEUVIÈRE = LA SAINTE VIERGE, MAIS EN VERLAN...

(1) TAHAR "TATA" LAHAK-RAÏM. (C'EST LE TITRE.)

Sœur Marie-Thérèse des Batignolles.

JEAN-PAUL 2: LE RETOUR

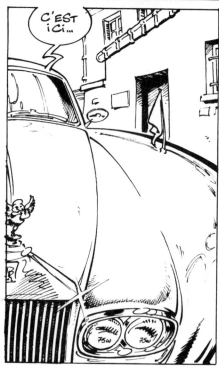

Les albums FLUIDE GLACIAL

ALEXIS	Avatars et coquecigrues
ALEXIS	Fantaisies solitaires
ALEXIS/GOTLIB	Dans la joie jusqu'au cou
BINET	Les Bidochon - 12 tomes parus
BINET	Déconfiture au petit déjeuner
BINET	Forum
BINET	Histoires ordinaires
BINET	L'institution
BINET	Kador - 4 tomes parus
BINET	Monsieur le Ministre - 2 tomes parus
BINET	Poupon la Peste 1 et 2 en couleurs
BINET	Propos irresponsables
BLUTCH	Waldo's bar
DUPUY/BERBERIAN	Graine de voyous
DUPUY/BERBERIAN	Le journal d'Henriette - 2 tomes parus
EDIKA	

- 1 - Debiloff profondikoum
- 2 - Homo-sapiens connarduss
- 3 - Yeah!
- 4 - Absurdomanies
- 5 - Sketchup
- 6 - Désirs exacerbés
- 7 - Happy-Ends
- 8 - Tshaw!
- 9 - Knock-out
- 10 - Concertos pour omoplates
- 11 - Orteils coincés
- 12 - Bluk-Bluk
- 13 - Pyjama blouze
- 14 - Bi-bop euh... loula
- 15 - Splatch!
- 16 - Relax Max

FOERSTER	Hantons sous la pluie
FRANQUIN	Idées noires - 2 tomes parus
GIMENEZ	Amor, Amor!!
GOOSSENS	Le Messie est revenu
GOOSSENS	L'encyclopédie des bébés - 3 tomes parus
GOOSSENS	La vie d'Einstein - 2 tomes parus
GOTLIB	La bataille navale... ou Gai-Luron en slip
GOTLIB	Gai-Luron - 10 tomes parus
GOTLIB	Hamster Jovial et ses louveteaux
GOTLIB	Pervers Pépère
GOTLIB	Rhâ-gnagna - 2 tomes parus
GOTLIB	Rhââ-Lovely - 3 tomes parus
HERAN	L'étoffe des zéros
HUGOT	Les consultations du Dr Oh!enschlager
HUGOT	Déshabillez-vous
LELONG	Carmen Cru - 5 tomes parus
LOB/GOTLIB/ALEXIS	Superdupont - 1 tome paru
MAESTER	... et Boules de Gomme
MAESTER	Obsédé Sexuel - 3 tomes parus
MAESTER	Sœur Marie-Thérèse des Batignolles - 3 tomes parus
MOERELL	Ou la cuisse?
MOERELL	Vise l'ampleur!
THA/BIGART	Absurdus Delirium - 2 tomes parus
THIRIET	Contes d'à-côté
THIRIET	Histoires peu crédibles
THIRIET	Trois tiers de trio
TRONCHET	Jean-Claude Tergal - 2 tomes parus

© MAËSTER - AUDIE/FLUIDE GLACIAL

Editions AUDIE 120 bis, bd du Montparnasse 75014 Paris. Tél. : 43.20.23.96
Imprimé par Maury et relié par Brun à Malesherbes
Dépôt légal : juin 1993. 2e édition. Dépôt initial : mai 1992. ISBN : 2-85815-155-5.

Diffusion France et Etranger : Flammarion

Rendez-vous avec
la vraie B.D. d'humour
dans le magazine

chaque mois,
chez votre marchand
de journaux.